U0153295

法諺120

雍宜欽　著

書泉出版社 印行

序　Préface

為何編寫《法諺120》？

　　華人學法語，遇到法文諺語時會想：到底中文有沒有相同的諺語或是對應的說法，我的理解是否正確無誤？因此我們選擇了Petit Larousse辭典中間夾頁最常用的法文諺語，由這120句常用法文諺語規劃一個延伸的法語精進自學手冊。

中法諺語文化不同

　　法文諺語有的來自日常生活，有的來自聖經，比如："Il faut rendre à César ce qui appartient à César, et à Dieu ce qui est à Dieu."（凱撒的歸凱撒，上帝的歸上帝。）這類的法文諺語就有一個聖經的典故，不像中文諺語，多半都有一個典故，比如「塞翁失馬，焉知非福」。無論中文或法文諺語，相同的是都充滿了生活的智慧，但不同的是，法文諺語不一定有典故的背景。

本書每句諺語自成單元，內容重點如下：

一、基本法諺及法文解釋，加上貼切易懂的中文翻譯。

　　中文如有對等的諺語則直接翻譯；若中文的說法太拗口，則做了權宜易懂的處理，幫助讀者在自學時能掌握法諺的意義。

二、聯想相關諺語的用法，對應的中文或法文諺語到底怎麼說。

關於這句諺語，如果有類似或相關的說法，到底中文或法文應該怎麼說，我們也提供正確的翻譯，讓學生可以延伸學習。

三、延伸的法語學習應用

針對這句諺語的基本語法，我們試著提供一些延伸的用法。這句諺語有相關典故，我們也儘量提供資訊，供學習者參考。

在此特別感謝書泉出版社大力支持，讓這本《法諺120》能夠問世，也非常謝謝幫我整理檔案的黃譯瑩小姐，協助這看似簡單卻需要超級耐心的工作。我們最大的期望是藉由諺語容易牢記在心的特性，讓學習者能舉一反三靈活應用。本書雖然發想多年，由於個人才疏學淺，期望各方高明不吝批評與指正。

雍宜欽

目錄 Table des matières

Chapitre

A

A

A bon chat, bon rat.

法解　Se dit quand celui qui attaque trouve un antagoniste capable de lui résister.

中譯　將遇良才；棋逢對手；旗鼓相當。

Pour aller plus loin

* Rat：n.m. 田鼠
  Souris：n.f. 小老鼠

* Les chats partis, les souris dansent.（法諺）
  貓咪不在家，小老鼠就跳起舞來。

Abondance de biens ne nuit pas.

法解　Il vaut mieux avoir trop que pas assez.

中譯　多多益善。

Pour aller plus loin

* Abondant,e：a. 豐富的，豐碩的。

* －Comment allez-vous?
  －Je vais bien. (Bien：adverbe)

* Abondance de biens ne nuit pas.
  Bien：名詞，指的是好處、利益；也指財產。

* 此句中的" nuit "，是v. nuire，傷害的意思。

A

■ A bon vin point d'enseigne.

法解　Ce qui est bon se recommande de soi-même.

中譯　好酒不怕巷子深。

Pour aller plus loin

* 桃李不言（下自成蹊）
  Le pêcher et le prunier ne parlent pas pourtant sous eux spontanément se forme un sentier.
  Vous n'avez pas à faire de réclame pour vous-même, vos talents parleront pour vous.

* Enseigner quelque chose à quelqu'un：教授…給某人

* Enseignement：n. 教學，教育

* Enseignant,e：n. 或 a. 教師；教育的
  但Enseigne：n.f. 招牌，廣告，標記

A

A chaque jour suffit sa peine.

法解 Supportons les maux d'aujourd'hui sans penser par avance à ceux que peut nous réserver l'avenir.

中譯 一天的難處，一天當就夠了。

Pour aller plus loin

* Suffire à, suffire pour + nom (ou infinitif)
  Ex. Ce reste de rôti suffira pour le repas du soir.

* Il suffit de + v.
  Ex. Il ne suffit pas de parler de tes rêves, il faut agir.

* Il suffit que + subjonctif
  Ex. Il suffit que je sois averti trois jours avant la réunion.

A

- ## A coeur vaillant rien d'impossible.

  法解 Avec du courage, on vient à bout de tout.

  中譯 勇敢的心，什麼都不怕。

  Pour aller plus loin

  * 世上無難事，只怕有心人。
    En ce monde rien d'impossible, pourvu qu'il y ait des hommes décidés.

  * Homme décidé = homme de coeur
    很有決心的人

- ## A l'impossible nul n'est tenu.

  法解 On ne peut exiger de quelqu'un ce qu'il lui est impossible de faire.

  中譯 做不到的事，強人所難還是做不到。

  Pour aller plus loin

  * 不可強人所難。
    On ne peut pas obliger les autres à agir contre leur gré.

  * La plus belle fille du monde ne peut donner que ce qu'elle a.（法諺）

  * Nul n'est tenu，意指Rien n'est tenu。

A l'oeuvre on connaît l'ouvrier (ou l'artisan).

法解 C'est au résultat du travail qu'on juge celui qui l'a fait.

中譯 工匠手藝如何，一看產品便知。

觀其事知其人。

Pour aller plus loin

* 文如其人。
  Le style est l'homme même.
* 字如其人。
  A l'écriture, on connaît le caractère d'un homme.

A

À père avare, enfant prodigue.

法解　Un défaut, un vice fait naître autour de soi, par réaction, le défaut, le vice contraire.

中譯　父親吝嗇，反而會生出敗家子。

物極必反。

Pour aller plus loin

* 物極必反。
  Une chose poussée à l'extrême se transforme en son contraire.

* Avare：a. 吝嗇的；Avarice：n.f. 吝嗇

* Enfant prodigue：浪子

A

Après la pluie, le beau temps.

法解　La joie succède souvent à la tristesse, le bonheur au malheur.

中譯　雨過天青；雨過天晴。

Pour aller plus loin

* 法文、中文諺語剛好對等，用字意境都一樣。

* Après + 名詞

* Après que + 子句（用直陳式）

* Pleuvoir：v. 下雨；la pluie：n.f.
  注意！Pleurer：v. 哭泣

A

A quelque chose malheur est bon.

法解　Les événemants fâcheux peuvent procurer quelque avantage, ne fût-ce qu'en donnant de l'expérience.

中譯　塞翁失馬。

Pour aller plus loin

* 許多文化裡都有類似的說法，意思都是一時看為不好的，未必是真的不好。中文諺語出自劉安《淮南子‧人間》：
…近塞上之人有善術者，馬無故亡而入胡，人皆弔之。其父曰：「此何遽不為福乎！」居數月，其馬將胡駿馬而歸，人皆賀之。其父曰：「此何遽不能為禍乎！」家富良馬，其子好騎，墮而折其髀，人皆弔之。其父曰：「此何遽不為福乎！」居一年，胡人大入塞，丁壯者引弦而戰，近塞之人，死者十九，此獨以跛之故，父子相保。故福之為禍，禍之為福，化不可極，深不可測也。

A

L'argent n'a pas d'odeur.

法解 Certains ne se soucient guère de la manière dont ils gagnent de l'argent, pourvu qu'ils en gagnent.

中譯 金錢不管從哪得來，是沒有香臭之分的。

Pour aller plus loin

* Avoir <u>une</u> bonne odeur
Avoir <u>du</u> lait
這裡的不定冠詞與部分冠詞，在否定句裡都變成de
Ex. L'argent n'a pas <u>d</u>'odeur.

A tout seigneur, tout honneur.

法解 Il faut rendre honneur à chacun suivant son rang.

中譯 什麼樣的身分，就應受到怎麼樣的尊重。

Pour aller plus loin

* Tout：有形容詞、副詞和名詞的用法。在此是形容詞的用法，指「這樣」的一位領主，該受到「這麼多」的尊敬。

* 古時法國的貴族是世襲的，大致分成公爵、侯爵、伯爵、子爵、男爵，即duc、marquis、comte、prince、baron。他們擁有許多特權，但財富和地位上還是有差異。

A

Au royaume des aveugles, les borgnes sont rois.

法解 Avec un mérite, un savoir médiocre, on brille au milieu des sots et des ignorants.

中譯 盲者群中，眇者稱王。

Pour aller plus loin

* 山中無老虎，猴子稱霸王。
  Quand il n'y a pas de tigre dans la montagne,
  même les signes se font rois.

* Au royaume de：在⋯的國度裡。

Autant en emporte le vent.

法解 Se dit en parlant de promesses auxquelles on n'ajoute pas foi, ou qui ne se sont pas réalisées.

中譯 一切都隨風而去。

Pour aller plus loin

* 電影「亂世佳人」，原著「飄」的法文書名就是 "Autant en emporte le vent. "。"en "是"de cela "的意思，原句應為" Le vent en emporte autant. "（這一切都被風帶走）。

Autres temps, autres moeurs.

法解 Les moeurs changent d'une époque à l'autre.

中譯 時間不同，習俗也不同。

一方一俗；此一時，彼一時也。

Pour aller plus loin

* Moeurs：道德、習俗，有兩種唸法：
  [moers] 或 [moe:r]，"s" 唸或不唸均可。

* En Chine, vis comme un Chinois.（入鄉隨俗）
  在哪裡住，就用當地人的方式生活，自己會比較自
  在呢！

A

Aux grands maux les grands remèdes.

法解 Il faut prendre des décisions énergiques contre les maux graves et dangereux.

中譯 重病還得重藥來醫。

Pour aller plus loin

* 對症下藥。
  Appliquer un remède approprié; prendre des mesures adéquates.

* Avoir mal à + 身體部位：某部位疼痛
  Ex.J'ai mal à la tête. （用la tête即可，不需用ma tête）

* Mal，複數是maux：困難、心血、心力
  Ex. J'ai du mal à trouver le chemin.
    此句是指avoir des difficultés：有困難
  Ex. Il s'est donné beaucoup de mal pour ce travail.
    此句是指se donner beaucoup de peine：花費很多心力

Avec un (ou des) si on mettrait Paris en bouteille.

法解　Avec des hypothèses, tout devient possible.

中譯　加上「假設」，連巴黎都可以放在瓶子裡。

加上「假設」，每件事都是可能的。

Pour aller plus loin

* 條件式的基本句型
  1. Si...imparfait, ...conditionnel présent（機會是 50%）
     Ex. S'il faisait beau, on irait au cinéma.
     天氣好，我們就去看電影。
  2. Si⋯plus-que-parfait, conditionnel passé（指時間已 經過去了，結果與事實相反）
     Ex. Autrefois, si j'avais eu le temps, j'aurais voyagé.
     從前要是我有時間的話，我早就去旅行了。
* 條件式的基本句型有可能省略一部分，此諺語就是 一例，只用了conditionnel présent。

Chapitre

B

Bien faire, et laisser dire / braire.

法解　Il faut faire son devoir sans se préoccuper des critiques.

B

中譯　盡力而為，別人怎麼說隨他去吧。

盡其在我，批評由之。

Pour aller plus loin

* Braire：v.i. 驢子的叫聲；大喊大叫。

* Laisser + v.：讓…去做
  Ex. Laisser braire讓他去叫

B

Bien mal acquis ne profite jamais.

法解 On ne jouit jamais complètement d'un bien obtenu de façon malhonnête.

中譯 不義之財難以消受。

悖入悖出。

Pour aller plus loin

* Acquérir：v.；acquisition：n.f. 獲得、取得

* Bien , très bien通常是副詞的用法。
  此句" Bien mal acquis ne profite pas. "，
  bien是名詞，即richesse，財產之意。

* Profiter de + n：利用、運用
  Ex. Profitez bien de votre jeunesse.
  好好利用年少的時光。

Bon chien chasse de race.

法解 On hérite généralement des qualités de sa famille.

中譯 將門虎子。

B

Pour aller plus loin

* 虎父無犬子。
  Un tigre ne donne pas le jour à un chien.
  Bon sang ne peut mentir.（法諺）

* Chasser：v. 打獵
  Chasseur, chasseuse：n. 獵人
  Chasse：n.f. 打獵

* 此句諺語中的chasse是名詞，
  原句應為"Bon chien race de chasse. "，
  意即「良犬是有血統的」。

B

Bonne renommée vaut mieux que ceinture dorée.

法解 Mieux vaut être considéré que riche.

中譯 好名聲勝過金腰帶。

名譽勝過金錢。

Pour aller plus loin

* 這句諺語也可寫成：
Il vaut mieux avoir bonne renommée que ceinture dorée.

* renommée：n.f. 名聲、名譽、名望
réputation： n.f. 名聲、名譽、名望、好名聲、聲譽
honneur： n.m. 榮譽、名譽、光榮

Les bons comptes font les bons amis.

法解 Pour rester amis, il faut s'acquitter exactement de ce que l'on se doit.

中譯 親兄弟，明算帳。

Pour aller plus loin

* 法文、中文諺語用詞不同，意義相似。

* Bon [bõ]；bonne [bɔn]
注意！這形容詞的陰陽性，其母音發音不同。

* Bons amis：好朋友

* C'est bon.：好香、好吃

* Bon marché：a. inv. 廉價的
但是"Bonmarché " 是巴黎左岸百貨公司的名字，賣的東西可不bon marché。

Chapitre

C

Ce que femme veut, Dieu le veut.

法解 Les femmes parviennent toujours à leurs fins.

中譯 女人所要的，上帝會成全。

女人所要的，一定千方百計的去爭取。

Pour aller plus loin

* 諺語中"le"代替前面提過的句子：ce que femme veut。

* Discours direct：Qu'est-ce qui se passe ?
　　　　　　　　　Qu'est-ce que vous voulez ?
句首的"que"指事物或東西；
句子中間的"qui"指主詞，"que"指受詞。

* Discours indirect：Je voudrais savoir ce qui se passe.
　　　　　　　　　Je voudrais savoir ce que vous voulez.
變成間接的用法，記得寫成"ce qui"或"ce que"。

C

C'est en forgeant qu'on devient forgeron.

法解 A force de s'exercer à une chose, on y devient habile.

中譯 不斷打鐵就能成為鐵匠。

熟能生巧。

Pour aller plus loin

* 鐵杵磨成針
  Un pilon de fer, à force d'être meulé, devient une aiguille.

* C'est ... que：表示強調「主詞」或強調「補助語」
  Ex. C'est moi qui suis arrivée la dernière.
  Qui後面動詞的陰陽性或單複數要與所強調的字配合。

* Forger：v. ; forgeron：n. 鐵匠

Chacun pour soi et Dieu pour tous.

法解　Laissons à Dieu le soin de s'occuper des autres.

中譯　人人為己，而上帝是為了大家。

Pour aller plus loin

* 人不為己，天誅地滅。
   On doit d'abord penser à soi, c'est une loi de la nature.

* On、chacun當主詞時，與它配合的是"soi"。
   Ex. On a toujours besoin d'un plus petit que soi. (*Le Lion et le* Rat de la Fontaine)
   我們總會需要比自己弱小者的幫助。

* Dieu pour tous.
   Tous，指每一個人，是名詞，[s] 要唸出來。

Charbonnier est maître chez soi.

法解　Le maître de maison est libre d'agir comme il l'entend dans sa propre demeure.

中譯　煤炭商在自己家也是一家之主。

Pour aller plus loin

* Chez soi：在自己家
  Chez + 某某人：在…家
  Ex. Chez Pierre, chez Hélène, chez mon professeur.

* Maître：n.m. 主人、師父、大師

* Tel maître, tel valet.（法諺）
  有什麼樣的主人，就有什麼樣的僕從。
  Tel père, tel fils.（法諺）
  有其父，必有其子。

Charité bien ordonnée commence par soi-même.

法解 Avant de songer aux autres, il faut songer à soi.

中譯 善心助人先從自己做起。

Pour aller plus loin

* Charité：n.f.；Charitable：a.
  Vente de charité：義賣，也叫kermesse：n.f.

* Ordonner：v. 整理、安排、命令、開處方
  Ordonnance：處方，也叫prescription或traitement

* Commencer à + v.：開始

* 此諺語中的"commence par "是「打從…做起」之意。

Chat échaudé craint l'eau froide.

法解 On redoute même l'apparence de ce qui nous a déjà nui.
S'effrayer de ses propres fantasmes.

中譯 被燙過的貓兒，見了冷水都怕。

一朝被蛇咬，十年怕井繩。

Pour aller plus loin

驚弓之鳥
Oiseau alarmé à la vue d'un arc.

杯弓蛇影
Prendre pour un serpent le reflet de l'arc pendu au mur dans la coupe.

Craindre：v.t.；crainte：n.f
Avoir peur de + n.
兩者都是害怕，craindre直接加名詞，
但avoir peur + de，再加名詞。

Le chat parti, les souris dansent.

法解 Quand maître ou chefs sont absents, écoliers ou subordonnés en profitent.

中譯 貓咪不在家，小老鼠就跳起舞來。

Pour aller plus loin

* Partir：v.；départ：n.m

* Une souris：n.f.，這字本身就有"s"，是小老鼠、電腦用的滑鼠。
Un rat：n.m. 田鼠（比較大）

* Danser：v.；danse：n.f.
注意是"s"，而不是"c"。

Les chiens aboient, la caravane passe.

法解 Qui est sûr de sa voie ne se laisse pas détourner par les critiques.

中譯 任憑狗兒狂吠，駱駝商隊照樣前進。

盡其在我，批評由之。

Pour aller plus loin

* 盡其在我
  Fais de mon mieux, advienne que pourra.

* Tous les chiens qui aboient ne mordent pas.
  會叫的狗不咬人

* Tous les chiens：" tous "是形容詞，" s "不發音。

* Aboyer：v. ; aboiement：n.m.

* Mordre：v. ; morsure：n.f.

Chose promise, chose due.

法解 On est obligé de faire ce qu'on a promis.

中譯 君子一言，駟馬難追。

Pour aller plus loin

* 法文、中文諺語用詞雖不完全一樣，意涵卻相同。
  中文諺語出自《論語‧顏淵》：「夫子之說君子
  也，駟不及舌。」

* Promettre quelque chose à quelqu'un：允諾

* Tenir ses promesses：信守諾言

C

Comme on connaît ses saints, on les honore.

法解 On traite chacun selon le caractère qu'on lui connaît.

中譯 由於我們認識這些聖人，我們用對待聖人的方式來對待他們。

以其人之道，還治其人之身。

Pour aller plus loin

★ Honorer：v. 尊敬，敬重
Honneur：n.m. 榮譽，光榮
Honorable：a. 令人尊敬的
注意！形容詞的相反詞，目前以déshonorant較為常用。

Comme on fait son lit, on se couche.

法解　Il faut s'attendre, en bien ou en mal, à ce qu'on s'est préparé à soi-même par sa conduite.

中譯　床鋪好了，就要睡覺。

自作自受。

Pour aller plus loin

* Faire son lit：鋪床
* Se coucher：躺下
　Dormir：睡覺
　S'endormir：入睡、沉睡

C

Comparaison n'est pas raison.

法解 Une comparaion ne prouve rien.

中譯 隨便舉一個例子並不能夠證明什麼。

比喻不足為證。

Pour aller plus loin

* Raison：道理
  Tort：過錯、過失
  avoir raison：有道理、對的
  avoir tort：沒道理、錯的、理虧

* Soyez raisonnable：（為人處世）總得講道理。

Les conseilleurs ne sont pas les payeurs.

法解 Défions-nous parfois des conseilleurs; ni leur personne ni leur bourse ne courent le risque qu'ils conseillent.

中譯 出主意的人並不是付錢的人。

當心那些替你出主意的人，出了差錯可得自己負責。

Pour aller plus loin

* 要求／建議某人做某事
  Demander à quelqu'un de faire quelque chose
  Conseiller à quelqu'un de faire quelque chose
  Suggérer à quelqu'un de faire quelque chose
  （Suggérer比Conseiller更客氣一些）

* Payer + quelqu'un或payer quelque chose
  Chacun paie sa part.（各付各的）

Les cordonniers sont les plus mal chaussés.

法解 On néglige souvent les avantages qu'on a à sa portée.

中譯 鞋匠的鞋穿得最差。

Pour aller plus loin

* 三個臭皮匠，賽過諸葛亮。
Trois simples cordonniers valent mieux qu'un Zhuge Liang.
Deux avis valent mieux qu'un.（法諺）

* Il vaut mieux + v.
Il vaut mieux que + 子句（subjonctif）

Chapitre
D

Dis-moi qui tu hantes, je te dirai qui tu es.

法解 On juge une personne d'après les gens qu'elle fréquente.

中譯 告訴我你和誰交往，我將可以告訴你，你是什麼樣的人。

Pour aller plus loin

D

* 法諺與中諺用詞雖不同，卻有異曲同工之妙。

* 近朱者赤，近墨者黑。
  Qui s'approche du vermillon devient rouge, qui s'approche de l'encre devient noir.

* Hanter：在法諺中，是指fréquenter，交往、來往之意。
  Hanter還有其他的意思，指obséder。
  Ex. Il est hanté par le remords.
  　　他一直受到良心的譴責。
  　　La ville est hantée.
  　　這個城市不安寧。（指有「好兄弟」出入）

Chapitre

E

L'eau va à la rivière.

法解 L'argent va aux riches.

中譯 水是流向河裡的。

錢滾錢，有錢人越來越有錢。

Pour aller plus loin

* 有關水的中諺：人往高處走，水往低處流。
  L'homme marche vers les hauteurs, l'eau coule vers le bas.

* Aller à + 國名／島嶼／城市
  Aller au Japon　　　　（陽性，單數）
  Aller en France　　　　（陰性，單數）
  Aller aux Etats-Unis　　（多數）
  Aller à Cuba
  Aller à Paris

L'enfer est pavé de bonnes intentions.

法解 Les bonnes intentions ne suffisent pas si elles ne sont pas réalisées ou n'aboutissent qu'à des résultats fâcheux.

中譯 地獄也是由好心鋪砌而成的。

徒有好心，不做好事，也是枉然。

Pour aller plus loin

* 有關善心的中諺：善有善報，惡有惡報，不是不報，時候未到。
Le bien sera récompensé par le bien, et le mal, par le mal; si la sanction n'a pas paru, c'est que le temps n'est pas venu.

* Enfer地獄 ≠ paradis天堂

* Avoir l'intention de + v. = vouloir意欲
Ex. Il n'a pas l'intention d'aller à Taipei.
他不想去台北。

* Bonne intention好心 ≠ mauvaise intention存心不良

Erreur n'est pas compte.

法解　Tant que subsiste une erreur, un compte n'est pas définitif.

中譯　有錯誤，就不能算是最後的結果。

Pour aller plus loin

* 犯錯誤：faire une erreur/faute
　　　　commettre une erreur/faute
犯罪：commettre un crime（犯罪不能用faire）

* un crime：罪行（觸犯了法律）
un péché：罪孽、罪性（動了惡念）

◻ L'exception confirme la règle.

法解 Cela même qui est reconnu comme exception constate une règle, puisque, sans la règle, point d'exception.

中譯 沒有規則，哪來例外！

Pour aller plus loin

- ★ Confirmer：v.；confirmation：n.f. 確認
  Ex. Confirmer un billet d'avion.
  搭飛機出發前三天，還要向航空公司再確認一次，
  叫"reconfirmer un billet d'avion."

- ★ Règle：n.f. 尺、原則、法規
  Régler：v. 解決（問題）；付帳

Chapitre

F

Fais ce que dois, advienne que pourra.

法解 Fais ton devoir, sans t'inquiéter de ce qui pourra en résulter.

中譯 做好該做的事，該來的總是會來的。

Pour aller plus loin

* 盡人事以聽天命
  Fais de ton mieux, et remets-toi à la volonté du Ciel.

* Faire de son mieux，即 faire (tout) son possible，是全力以赴之意。

* Remettre，除了放、再放，還有交、交還之意。
  Remets-toi：把自己交給…

F

Faute de grives, on mange des merles.

法解 A défaut de mieux, il faut se contenter de ce que l'on a.

中譯 沒有山鳥，八哥也好。

退而求其次。

Pour aller plus loin

* 沒魚蝦也好（台諺）
  Faute de poisson, on mange des crevettes.

* Faute de：à cause du manque de quelque chose ou de quelqu'un由於沒有…、由於缺乏…
  Ex. Faute d'argent, il a renoncé à ses études.
  　　由於沒錢，他放棄了學業。

F

La fin justifie les moyens.

法解　Principe d'après lequel le but excuserait les actions coupables commises pour l'atteindre.

中譯　為了達到目的，可以不擇手段。

Pour aller plus loin

* 法諺是說只要達到目的，所有的手段都可以合理化。

* 不擇手段
Rechercher quelque chose sans égard aux moyens pour y parvenir.

* Justifier的同義動詞：blanchir, innocenter, légitimer
Justication：n.f.

F

La fortune vient en dormant.

法解 Le plus sûr moyen de s'enrichir est d'attendre passivement un heureux effet du hasard.

中譯 財富是在睡夢中來到的。

Pour aller plus loin

* 小富由命，大富由天。
Si on fait des économies de tous les jours, on pourra devenir riche, mais la grande richesse vient du Ciel.

* Fortune：n.f. 指財富、命運或運氣

* Venir：v. 來、來到
Venir de + n.：從⋯來
Venir de + v.：剛剛做了某事，文法叫"passé récent"
Ex. Je viens de Taïwan.
　　我從台灣來。
　　Je viens de finir mon article.
　　我才寫完我的文章。

Chapitre

G

Des goûts et des couleurs on ne discute pas.

法解　Chacun est libre d'avoir ses préférences.

中譯　各有所好。

Pour aller plus loin

* Des goûts et des couleurs il ne faut pas disputer.
  顏色、品味各有所好，勿需爭論。
  Discuter：v. ; discussion：n.f. 討論
  Disputer：v. ; dispute：n.f. 爭論

* 百人吃百味
  Cent personnes mangent chacune à leur goût.
  Chacun son goût.

* 見仁見智：Autant de têtes, autant d'avis.

Chapitre

H

L'habit ne fait pas le moine.

法解　Ce n'est pas sur l'apparence extérieure qu'il faut juger les gens.

中譯　人不可貌相。

Pour aller plus loin

* 人不可貌相，海水不可斗量。
  On ne peut juger les gens sur l'apparence, on ne peut jauger la mer au boisseau.

* Il est toujours plus facile de juger les autres que de juger soi-même.評斷別人總是比評斷自己要容易。
  —小王子
  古人說「嚴以律己，寬以待人。」但一般常見的情況是「寬以律己，嚴以待人。」與這句話有異曲同工之妙。

H

◘ L'habitude est une seconde nature.

- 法解　L'habitude nous fait agir aussi spontanément qu'un instinct naturel.

- 中譯　習慣是第二種天性。

　習慣成自然。

- Pour aller plus loin

  * Faire + v.：是讓別人做…
    Ex. J'ai fait faire cette robe par une amie.
    　這件洋裝是朋友做的

  * Avoir l'habitude de + v.：有…的習慣
    Ex. Elle a l'habitude de se coucher tôt.
    　她有早睡的習慣

H

Chapitre

I

Il faut battre le fer pendant qu'il est chaud.

法解　　Il faut pousser activement une affaire qui est en bonne voie.

中譯　　打鐵趁熱。

Pour aller plus loin

* 打鐵趁熱
  Battre le fer pendant qu'il est chaud.

* Pendant + 名詞；pendant que + 子句

* Battre le fer打鐵；battre les oeufs打蛋

* Avoir froid：覺得很冷
  Avoir chaud：覺得很熱
  Etre froid：冷漠、冷淡
  Etre chaud：心裡熱情如火（但幾乎不會用來形容人）

I

Il faut que jeunesse se passe.

法解　On doit excuser les fautes que la légèreté et l'inexpérience font commettre à la jeunesse.

中譯　青澀的歲月總會過去的。

年輕人做事缺乏經驗，總要多包涵。

Pour aller plus loin

★ 相關中文諺語：嘴上無毛，辦事不牢。
Ne comptez pas sur un homme tout (trop) jeune.

★ Passer的用法
及物動詞：avoir passé＋時間（度過…一段時光）
不及物動詞：être passé par經過…地方
反身動詞：se passer發生；se passer de戒除
Ex. Qu'est-ce qui se passe ?
　　發生什麼事了？
　　Il se passe du vin.
　　他戒酒了。
　　Il se passe de fumer.
　　他戒煙了。

I

Il faut qu'une porte soit ouverte ou fermée.

法解 Il faut prendre un parti dans un sens ou dans un autre.

中譯 門要嘛就開著，再不就關著。

總要表明態度，是站在這一邊或是另一邊。

Pour aller plus loin

* 沒有對應的中文諺語，但對隨外在環境改變態度的人，我們稱為「見風轉舵」：
Virer selon le vent ; être une véritable girouette.

* Il faut que + subjonctif

* Ouvrir la porte開門 ≠ fermer la porte關門
Allumer la lumière開燈 ≠ éteindre la lumière關燈
La lumière也可用la lampe。

Il faut rendre à César ce qui appartient à César, et à Dieu ce qui est à Dieu.

法解 Il faut rendre à chacun ce qui lui est dû.

中譯 凱撒的歸凱撒，上帝的歸上帝。

Pour aller plus loin

* 出自聖經馬太福音22章：「文士和法利賽人，想要抓住耶穌說話的把柄來陷害祂。他們對耶穌說：『夫子，我們知道你是誠實人，並誠誠實實的傳上帝的道。什麼人你都不徇情面，因為你不看人的外貌。請告訴我們，你的意見如何？納稅給凱撒可不可以？』耶穌看出他們的惡意，就說『假冒為善的人哪，為什麼試探我？拿一個上稅的錢給我看。』他們就拿一個銀錢來給他。耶穌說：『這像和這號是誰的？』他們說：『是凱撒的。』耶穌說：『這樣，凱撒的物當歸給凱撒，上帝的物當歸給上帝。』」

* 現在大家常說：「政治的歸政治，宗教的歸宗教。」可翻譯成："La politique, c'est la politique, la religion, c'est la religion."

I

Il faut tourner sa langue sept fois dans sa bouche avant de parler.

法解　Avant de parler, de se prononcer, il faut mûrement réfléchir.

中譯　說話前，要讓舌頭在嘴裡轉動七次。

　　　三思而後行。

Pour aller plus loin

* Avant de + v.
  Avant que + 子句（用subjonctif）
* 法文與中文諺語用詞不同，但意義相同，都是要先深思熟慮，再採取行動。

I

Il ne faut jurer de rien.

法解　Il ne faut jamais affirmer qu'on ne fera pas telle chose ou qu'elle n'arrivera jamais.

中譯　不要信誓旦旦。

凡事不要說得太絕。

Pour aller plus loin

* Jurer是對天發誓。有人為了取信他人，往往指著天發重誓。說話千萬不要說得太滿，因為將來的事實在很難預料。法文說：Qui sait?（誰知道呢？）

I

Il n'est pire aveugle que celui qui ne veut pas voir.

法解 Le parti pris ferme l'esprit à tout éclaircissement.

中譯 有眼睛卻不願去看，比瞎子還不如。

Pour aller plus loin

* 以上法諺有另一個說法：
Il n'est pire sourd que celui qui ne veut pas entendre.
有耳朵卻不願去聽，比聾子還不如。

* 盲者看不見這五彩繽紛的世界，聾子聽不到世間吵雜的聲音，但他們的心靈卻比誰都敏銳。所謂「聰明」，就是耳「聰」目「明」。要作聰明人，就應該用心去看，用心去聽。

Il n'est pire eau que l'eau qui dort.

法解 Ce sont souvent les personnes d'apparence inoffensive dont il faut le plus se méfier.

中譯 沒有比死水更壞的水了。

不動聲色的人最可怕。

Pour aller plus loin

* Il est是il y a的意思。

* Pire是mauvais的比較級。

* L'eau qui dort：沉睡的水是指沒有動靜的死水，沒有新水注入替換，久而久之一定有異味。人心如果是一潭死水，沒有任何波濤漣漪，這種城府很深的人恐怕也要小心了！

I

Il n'y a pas de fumée sans feu.

法解　Derrière les apparences, les on-dit, il y a toujours quelque réalité.

中譯　沒有火，哪來的煙。

無風不起浪，事出必有因。

Pour aller plus loin

* 法文用的是火與煙，中文用的是風與浪，表相不同，但意思是一樣的。

* Fumer是動詞。禁煙的地方，除了基本圖示外，常有"Défense de fumer"的字樣，癮君子看到這幾個字，要吸煙也得找其他的地方了。

Il n'y a pas de sot métier.

法解 Toutes les professions sont bonnes.

中譯 沒有愚蠢的行業。

行行出狀元。

Pour aller plus loin

* Sot, sotte：a.m.f.
  sottise：n.f.

* 部分冠詞（du, de la, des）或不定冠詞（un, une, des）在否定句中，都要變成de。
  Ex. Y a-t-il encore du café？
      還有咖啡：Oui, il y a encore du café.
      沒有咖啡：Non, il n'y a pas de café.
              或：Non, il n'y a plus de café.

I

Il n'y a que la vérité qui blesse.

法解 Les reproches vraiment pénibles sont ceux que l'on a mérités.

中譯 唯有實話最會傷人。

真情實據會讓人無所遁形。

Pour aller plus loin

* La vérité：真理、實話、實情
* 傷害某人：blesser quelqu'un
　　　　　　nuire à quelqu'un
* 實話往往最傷人，難怪實話實說的人越來越少了。

I

Il n'y a que le premier pas qui coûte.

法解 Le plus difficile en toute chose est de commencer.

中譯 凡事起頭難。

Pour aller plus loin

* 以"il y a"起頭的句子，如果後面還有動詞，一定不要忘了"qui"。

* Ne...que = seulement：唯有、只有

* 第一步總是困難重重，邁開了第一步，往後就覺得容易多了。

I

Il vaut mieux avoir affaire à Dieu qu'à ses saints.

法解　Il vaut mieux s'adresser directement au patron qu'aux subalternes.

中譯　與聖人打交道，不如直接找上帝的好。

閻王爺好惹，小鬼難纏。

Pour aller plus loin

* Avoir affaire à quelqu'un：與某人打交道
* 法諺、中諺都有類似的說法，因此當我們去辦事的時候，在第一關就受到許多阻擾，也不要覺得太氣憤了！

Il y a loin de la coupe aux lèvres.

法解 Il peut arriver bien des événements entre un désir et sa réalisation.

中譯 從酒杯到嘴唇，遠著呢！

事情沒到最後關頭，很難預料中途會有什麼情況發生。

Pour aller plus loin

* Il y a通常是「有」的意思，但有時它是說il est的意思。

* De...à；depuis...jusqu'à：從⋯到⋯

I

Chapitre

L

Le jeu ne (n'en) vaut pas la chandelle.

法解　La chose ne vaut pas la peine qu'on se donne pour l'obtenir.

中譯　遊戲所得還不夠支付點蠟燭的錢。

得不償失。

Pour aller plus loin

* 16世紀時，這句諺語是指玩牌或擲骰子的人，他們覺得贏得的錢太少，還不夠支付當晚點蠟燭的錢，所以這句話可以解釋成得不償失。

* Cela (ne) vaut (pas) la peine de + v. （不）值得去做
口語：C'est la peine. 值得去做
　　　Ce n'est pas la peine. 不值得去做

L

Loin des yeux, loin du coeur.

法解 L'absence détruit ou affaiblit les affections.

中譯 人遠情疏。

Pour aller plus loin

* 這句諺語還有一種說法：
Loin des yeux, près du coeur.
人雖隔著千山萬水，心卻更靠近了。

* Près de：靠近…地方
Paul habite tout près de l'école.

* Auprès de：在某人身邊，或某地方的旁邊。
Pauline aime vivre auprès de ses parents.

L

Le mieux est l'ennemi du bien.

法解   On court le risque de gâter ce qui est bien en voulant obtenir mieux.

中譯   「好」的敵人是「更好」。

Pour aller plus loin

* "Le mieux "、"bien "這裡都當名詞用。
* "Ennemi "，注意它的發音是 [ɛn m i]。
* 追求卓越是好，「好」了還要「更好」，太過於要求「更好」，就辛苦了！

L

Chapitre

M

Mieux vaut tard que jamais.

法解 Il vaut mieux, en certains cas, agir tard que ne pas agir du tout.

中譯 遲到總比不到好。

Pour aller plus loin

* 亡羊補牢，猶未為晚。
Il n'est jamais trop tard pour réparer le bercail quand le mouton est perdu.

* 用"vaut mieux... "開始的句子有時也可寫成"Il vaut mieux... "或"mieux vaut... "。
Ex. Mieux vaut tenir que courir.
　　= Il vaut mieux tenir que courir.
　　隔手的金不如到手的銅。

M

Les murs ont des oreilles.

法解 Dans un entretien confidentiel, il faut se défier de ce qui vous entoure.

中譯 隔牆有耳。

Pour aller plus loin

* 請思考看看：
"les murs "可否換成le mur, un mur或des murs？
"des oreilles "可否換成l'oreille, les oreilles或une oreille？

* 答案是不可以，在此諺語中，"les "表示在「這幾面」牆上，"des "表示「有一些」耳朵，並未指定誰的耳朵。

* 每次使用定冠詞（le, la, les），不定冠詞（un, une, des），思考一下可否替換，才能學得踏實。

M

Chapitre

N

N'éveillez pas le chat qui dort.

法解 Il ne faut pas réveiller une fâcheuse affaire, une menace assoupie.

中譯 別吵醒睡著的貓。

別「哪壺不開提哪壺」。

Pour aller plus loin

* Eveiller、réveiller是同義詞，前者比較講究一些。

* 考試期間拜託室友叫你起床唸書 (réveiller quelqu'un)：
  N'oublie pas de me réveiller à 3 heures du matin.
  或Réveille-moi à 3 heures du matin.

* 結果你六點才醒來 (se réveiller)：
  Je me suis réveillé(e) à 6 heures.

* 看起來都是me réveiller，前兩句是réveiller quelqu'un
  （叫醒某人）；後一句是se réveiller，表示醒來。

N

La nuit porte conseil.

法解 La nuit est propre à nous inspirer de sages réflexions.

中譯 夜深人靜可以好好想想，會有一些靈感。

Pour aller plus loin

* Conseil是名詞，動詞的用法是：
Conseiller à quelqu'un de faire quelque chose.
建議某人做某事

N

La nuit, tous les chats sont gris.

法解　On ne peut pas bien, de nuit, distinguer les personnes ou les choses.

中譯　晚上，所有的貓都是灰色的。

有時外在的環境讓我們很難正確分辨事情。

Pour aller plus loin

* 此諺語中"tous "是形容詞，"s "不發音。

* Tout, toute也可當副詞用，一般副詞勿需變化，但如果修飾的是形容詞、陰性、子音開頭的字，副詞就要變成toute。
  Ex. Elle est tout(e) heureuse. （tout或toute均可）
  　　Elle est toute contente. （toute是副詞）

N

Nul n'est prophète en son pays.

法解 Personne n'est apprécié à sa vraie valeur là où il vit habituellement.

中譯 沒有人在本鄉能作先知的。

連先知在本鄉本土也不受尊重。

Pour aller plus loin

* "Un prophète n'est méprisé que dans sa patrie ou dans sa maison." （聖經馬太福音13:57）
唯有在本鄉或本家，先知是不受人尊重的。

* 遠來的和尚會唸經
Le bonze qui vient de loin sait réciter les canons bouddhiques.

* 刻板印象中，青梅竹馬的玩伴，會有什麼大作為呢？很多人不是都有這種想法嗎？

N

Chapitre

0

L'occasion fait le larron.

法解 L'occasion fait faire des choses répréhensibles auxquelles on n'aurait pas songé.

中譯 飢寒起盜心。

Pour aller plus loin

* "Occasion"是機會的意思；larron就是voleur（小偷）。總之，財物要看好，免得讓人有非份之想。

* Une voiture d'occasion 是「二手車」的意思，跟小偷毫無關連。

L'oisiveté est mère (ou la mère) de tous les vices.

法解 N'avoir rien à faire, c'est s'exposer aux tentations.

中譯 懶散是一切的缺點之母。

遊手好閒，所有的缺點會接踵而至。

Pour aller plus loin

* 宴安酖毒
L'oisiveté est un poison.
每天吃喝玩樂，長期下來就像是喝毒藥一樣。

* Poison ：n.m.毒藥
Poisson：n.m.魚

On ne fait pas d'omelette sans casser des oeufs.

法解 On n'arrête pas à un résultat sans peine ni sacrifices.

中譯 雞蛋沒打碎，怎麼能炒蛋呢？

不入虎穴，焉得虎子。

Pour aller plus loin

* 不入虎穴，焉得虎子。
Sans entrer dans l'antre du tigre, comment attraper ses petits.

* "Qui ne risque rien n'a rien."（法諺）
什麼險都不敢冒，那什麼都不會得到。

On reconnaît l'arbre à ses fruits.

法解 C'est à ses actes qu'on connaît la valeur d'un homme.

中譯 從所結的果子可以看出是什麼樹來。

Pour aller plus loin

* 這裡的"à"是"avec"，是「藉由」之意，中文可譯作「從」。

* reconnaître是connaître de nouveau，也是「感謝」的意思。在這句諺語中是「認出來」的意思。的確，葡萄樹是不會結出石榴的。

Pas de nouvelles, bonnes nouvelles.

法解 Sans nouvelles de quelqu'un, on peut conjecturer qu'il ne lui est rien arrivé de fâcheux.

中譯 沒有消息，就是好消息。

Pour aller plus loin

　* 西方的語言裡常有這句諺語。
　　有時當人處在危急的情境，親朋好友都關切萬分。
　　這時，每個人都會祈禱：
　　"Pas de nouvelles, bonnes nouvelles. "
　　也有人說："Point de nouvelles, bonnes nouvelles. "

P

Péché avoué est à demi pardonné.

法解　Celui qui avoue son péché obtient plus aisément l'indulgence.

中譯　承認的罪過已經被原諒了一半。

勇於認錯，比較容易被原諒。

Pour aller plus loin

* 犯錯叫faire une faute或faire une erreur。
  動詞也可用commettre；如果真的有罪行，
  要說commettre un crime。

* 當然criminel,le是形容詞，也是名詞，指罪犯的意
  思。

* 至於péché，是所謂的「原罪」，心裡動了不好的念
  頭也算péché。

* 寬恕的用法是：
  pardonner quelque chose或pardonner à quelqu'un。

Petit à petit, l'oiseau fait son nid.

法解　A force de persévérance, on vient à bout d'une entreprise.

中譯　一點一滴，小鳥的巢就是這樣築成的。

聚沙成塔；積腋成裘。

Pour aller plus loin

* 一天省一把，十年買匹馬。
  Chaque jour épargne une poignée, au bout de dix ans tu pourras acheter un cheval.

* Chaque jour = tous les jours

* Au bout de dix ans = dans dix ans

P

Petite pluie abat grand vent.

法解　Souvent, peu de chose suffit pour calmer une grande colère.

中譯　小雨可以止息大風暴。

Pour aller plus loin

* Abattre：v. 推倒、砍倒、打倒、止息

* 下次颱風時，請特別留意一下，開始下雨的時候，風勢會逐漸地減弱。從大自然的現象，我們也可以學到：有人在盛怒的時候，可能旁邊一句安慰的話，一個溫柔的動作，將可以避免一場大風暴（大爭執）。
如果能夠，作那「小雨點」吧！

Les petits ruisseaux font les grandes rivières.

法解 Les petits profits accumulés finissent par faire de gros bénéfices.

中譯 小溪可以匯成大河流。

聚沙成塔；集腋成裘；積少成多。

Pour aller plus loin

* 積羽沉舟
  Des plumes accumulées font couler la barque.
  羽毛一片片沒什麼重量，多了還是可以造成很「沉重」的後果！

* Petit à petit, l'oiseau fait son nid.（法諺）
  成功、財富都是一點一滴累積而來的。

P

Pierre qui roule n'amasse pas mousse.

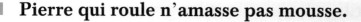

法解　On ne s'enrichit pas en changeant souvent d'état, de pays.

中譯　滾石不生苔。

Pour aller plus loin

* Mousse，這裡指青苔，它也是海邊浪花激起的「泡沫」；或是年輕人用來擦頭髮的「髮膠」。

* 中國文人常好養盆栽，有時小小的一盆，要養「青苔」，溼度、陽光都要正好，時常動它，就什麼也留不住了，正所謂「滾石不生苔，轉業不聚財」。

■ Plaie d'argent n'est pas mortelle.

法解 Les pertes d'argent peuvent toujours se réparer.

中譯 金錢的損傷是不會致命的。

Pour aller plus loin

* Plaie指傷痕，丟了錢，被倒了會，常常讓人痛不欲生。

* 留得青山在，不怕沒柴燒。
  Tant que la montagne sera, le bois ne manquera pas à nos foyers.
  Garder votre energie, vous aurez toujours de l'espoir.

* Santé passe richesse.（法諺）
  只要有健康的身體，損失的金錢還是可以賺回來的。

* Un de perdu, dix de retrouvés.（法諺）
  失去一個，得到十個。

La plus belle fille du monde ne peut donner que ce qu'elle a.

P

法解 Nul ne peut donner ce qu'il n'a pas.

中譯 世上最漂亮的女孩，也只能給你她所擁有的。

Pour aller plus loin

* 巧婦難為無米之炊
  Même une bonne ménagère ne peut préparer un repas sans riz.

* A l'impossible nul n'est tenu.（法諺）
  不要強人所難。
  兩句雖不能畫上等號，意思都是指凡事都有限度，
  超出能力範圍，就很難要求別人一定要做到。

Prudence est mère de sûreté.

法解 C'est en étant prudent qu'on évite tout danger.

中譯 謹慎為安全之母。

凡事謹慎總是好的。

P

Pour aller plus loin

* Etre mère de… : 為…之母
* 凡事小心謹慎總是好的，但法諺有另一句：
Trop de précautions nuit.
過度的小心謹慎也是不好的。

Chapitre

Q

Qui a bu boira.

法解 On ne se corrige jamais d'un défaut devenu une habitude.

中譯 喝過酒還會再喝。

江山易改，本性難移。

Q

Pour aller plus loin

* 江山易改，本性難移。
Changer des fleuves et des monts, c'est facile, changer son caractère, c'est difficile.

* Chassez le naturel, il revient au galop.（法諺）
Le naturel，是本性的意思；au galop是指馬兒快速奔馳的樣子。看來「本性」真是如「影」隨「形」，很難更改！

Qui aime bien châtie bien.

法解 Un amour véritable est celui qui ne craint pas d'user d'une sage sévérité.

中譯 愛之深，責之切。

Pour aller plus loin

* 打是疼，罵是愛。
  Frapper c'est chérir, réprimander c'est aimer.

* 棒打出孝子，嬌養忤逆兒。
  Battu de verges il fera un bon fils, choyé, gâté, il sera fils rebelle.

* Qui épargne la verge déteste son fils, mais qui l'aime prodigue la correction. （聖經箴言13:24）
  不忍用杖打兒子的，是恨惡他；疼愛兒子的，隨時管教。

* 古今中外，大家都認為，父母是愛子女的，愛得越深，要求也越高。隨著時代的變遷，「愛」或管教的方式要有所調整，親子關係才會更融洽。

Qui donne aux pauvres prête à Dieu.

法解　Celui qui fait la charité en sera récompensé dans la vie future.

中譯　施捨給窮人，就是借錢給上帝。

施捨給窮人，老天會報答的。

Pour aller plus loin

* 中文借錢給別人、向別人借錢，都用同一個「借」字。但法文借出叫prêter，借入叫emprunter。

* prêt：n.m. 出借、借出之物或款、借貸、貸款、放款

* emprunt：n.m. 借入、借錢、債、借用、仿效、借用語、外來詞

Qui dort dîne.

法解 Le sommeil tient lieu de dîner.

中譯 睏的時候，寧可睡覺，不需要吃飯。

Pour aller plus loin

* Qui是celui qui的省略用法。

* 在運動會之後，或是和老朋友會面，聊了三天三
  夜，疲倦極了。這時候，有人喊你吃飯，你寧可睡
  覺，不是嗎？
  這就是Qui dort dîne的意思。

* Dîner是動詞，也是名詞。
  通常是指晚餐，在某些作品裡面，也有可能指的是
  午餐。

Qui ne dit mot consent.

法解 Ne pas élever d'objection, c'est donner son adhésion.

中譯 沉默即表示同意。

你不說話，別人就當你是贊成的。

Pour aller plus loin

★ 學習法文的訣竅，要學每個動詞與介詞、名詞是如何配合使用的。

Ex. Consentir à quelque chose

Ex. Dire quelque chose à quelqu'un

Dites bonjour de ma part. 請代我問候。

J'ai un mot à vous dire. 我有些話要告訴你。

（"un mot"指「話」的意思，並非是「一個字」而已。）

Qui ne risque rien n'a rien.

法解　Un succès ne peut s'obtenir sans quelques risques.

中譯　不入虎穴，焉得虎子。

Pour aller plus loin

* On ne fait pas d'omelette sans casser des oeufs.（法 諺）
要炒蛋，非先把雞蛋打散不可。
要有所得，必有所失。

* 世界已成為地球村，有許多文化彼此影響，逐漸同 化，但仍有一些是不同的。中式炒蛋是散開來的， 西式是包得整整齊齊的，像蛋包飯那樣。

Qui peut le plus peut le moins.

法解　Celui qui est capable de faire une chose difficile, coûteuse, etc., peut à plus forte raison faire une chose plus facile, moins coûteuse, etc.

中譯　能擔當重任者，小事也能擔當。

Pour aller plus loin

* Le plus：在此諺語中，指最多、最重的事
當然le moins就剛好指相反的意思了。

* 以後有人請你幫忙，就快快樂樂的答應吧！
之後你就會"Qui peut le plus peut le moins."

Qui se ressemble s'assemble.

法解 Ceux qui ont les mêmes penchants se recherchent mutuellement.

中譯 個性相同的人會聚在一起。

物以類聚。

Pour aller plus loin

* 猩猩惜猩猩，好漢愛好漢。
L'orang-outang sympathise avec l'orang-outang, l'homme honnête aime l'homme honnête.

* 這裡的se ressembler，s'assembler，
兩個se都是表示彼此或相互的意思。

* Dis-moi qui tu hantes, je te dirai qui tu es.（法諺）
告訴我你跟誰交往，我將可以告訴你，你是什麼樣的人。

Qui s'y frotte s'y pique.

法解 Celui qui s'y risque s'en repent.

中譯 不斷的磨擦某個地方，一定會被刺到的。

Pour aller plus loin

* 反身動詞（Verbe pronominal），即se加一個原形動
  詞，常用的有三種用法：
  1. Il <u>se</u> promène.（se：指「自己」）
  2. Les deux chiens <u>se</u> battent.（se：指「相互」）
  3. Ce livre <u>se</u> vend cher.（se：指「被動的用法」）
     = Ce livre est vendu cher.

Qui trop embrasse mal étreint.

法解 Qui entreprend trop de choses à la fin n'en réussit aucune.

中譯 抱得太多，是抱不穩的。

貪多嚼不爛。

Pour aller plus loin

* 眼大肚皮小
  Avoir les yeux plus gros que le ventre.

* 貪多不精
  Qui trop ambitionne n'excelle en rien.

* qui是celui qui的省略用法。
  此諺語的意思是，凡事要適可而止，太貪心是什麼也掌握不住的。

Qui va à la chasse perd sa place.

法解　Qui quitte sa place doit s'attendre à la trouver occupée à son retour.

中譯　去打獵的人，回來位子就不見了。

Pour aller plus loin

* 完整的句型是：
Celui qui va à la chasse perd sa place.
「失去」可以用未來式。

* 在諺語中，celui qui常被寫成qui，它是主要子句，同時也是從屬子句的主詞。

* 這句諺語告訴我們，別嫌自己的處境不好。
一旦離開，排隊卡位的人還多著呢！

Q

■ Qui veut aller loin ménage sa monture.

法解　Il faut ménager ses forces, ses ressources, etc., si l'on veut tenir, durer longtemps.

中譯　要走遠路得好好整理坐騎。

Pour aller plus loin

★ 工欲善其事，必先利其器。
Si l'on veut que son travail soit bien fait, il faut d'abord bien préparer ses outils.
注意！outil [uti]，最後的 "l" 千萬別唸。

★ Ménager：v.

★ Faire le ménage：指灑掃庭除的工作

Q

Qui vole un oeuf vole un boeuf.

法解   Qui commet un vol minime se montre par là capable d'en commettre un plus considérable.

中譯   小時偷針，大時偷金。

Pour aller plus loin

* Oeuf , boeuf 和 os 單數時唸：
[oef] , [boef] , [ɔs]
多數時，字尾" f "及" s "都不唸，而且母音唸法也
不同：
des oeufs [dezø]
des boeufs [debø]
des os [dezo]

Chapitre

5

Si jeunesse savait, si vieillesse pouvait.

法解 Les jeunes manquent d'expérience, les vieillards de force.

中譯 要是年輕人多知道一些，要是年長的人更有力氣，多好！

年輕人缺少經驗，年長的人缺少體力。

S

Pour aller plus loin

* Si + plus-que-parfait, ...conditionnel passé.
過去條件式表示時間已經過去，「事與願違」。

* Si + imparfait, ...conditionnel présent.
Ex. Si j'avais le temps (maintenant), je voyagerais.沒去成

Si j'avais le temps (un jour), je voyagerais.有可能
現在條件式的時間副詞是關鍵，如用「現在」，大概沒實現；如果是「未來」，有可能實現。

* 以上謗語後半句的條件式省略了。為什麼用imparfait呢？因為有可能年輕人有經驗，年長的人還有體力。

Le soleil luit (brille) pour tout le monde.

法解 Chacun a droit aux choses que la nature a départies à tous.

中譯 日頭照好人也照歹人。

Pour aller plus loin

* Chacun pour soi, Dieu pour tous.
人人為己，老天爺卻是為了大家。

* briller是發光、照亮的意思。
un étudiant brillant，意思是一位傑出的學生。

Chapitre

T

Tant va la cruche à l'eau qu'à la fin elle se casse.

法解 Tout finit par s'user; à force de braver un danger, on finit par y succomber; à force de faire la même faute, on finit par en pâtir.

中譯 用同一水罐取水，到最後它會裂開的。

Pour aller plus loin

* 善騎者墜，善游者溺。
Les bons cavaliers font des chutes, de bons nageurs se noient.

* Tant, que 兩字的組合，用法很多。
此處tant...que與tellement...que類似：這樣地…以致…
Ex. Ce pays a tellement changé que je ne connais plus.
此地變化那麼大，以致於我都不認識了。

Tel est pris qui croyait prendre.

法解 On subit souvent le mal qu'on a voulu faire à autrui.

中譯 以為可以陷害人，反而害到自己。

害人害己。

Pour aller plus loin

* 此諺語原來應該是"Celui qui croyait prendre est pris."，倒裝以後比較生動。croyait是imparfait，原來以為之意。

* 作繭自縛
Faire comme les vers à soie qui s'enferment dans leur cocon.
Se créer des obstacles.

* 「作法自斃」用詞又稍稍嚴苛了一些。
Etre victime de la loi qu'on a établie soi-même.
Tomber dans le piège qu'on a dressé soi-même.

Tel père, tel fils.

法解　Le plus souvent, le fils tient de son père.

中譯　有其父，必有其子。

Pour aller plus loin

- Tel maître, tel valet.（法諺）
  有什麼樣的主人，就有什麼樣的跟班。

- Tel professeur, tel élève.（法諺）
  有其師，必有其徒。

- 喜歡一個老師，自然受到潛移默化，這不知不覺的
  影響，可以說是" imprégner invisiblement. "。

- 君不見連小狗的表情都會像牠的主人。
  試試看，法文該怎麼說？
  Ressembler à, tenir de，都指相像的意思。

T

■ Le temps, c'est de l'argent.

法解 　Le temps bien employé est un profit.
Le temps est plus précieux que l'or.

中譯 　時間就是金錢。

Pour aller plus loin

★ 一寸光陰一寸金，寸金難買寸光陰。
Un pouce de temps vaut un pouce d'or ; avec un pouce
d'or on ne peut pas acheter un pouce de temps.

★ Chers jeunes amis, profitez de votre jeunesse.
親愛的年輕朋友，好好利用你的青春年華吧！

★ profiter de + n.

■ Tous les chemins mènent à Rome.

法解 Il y a bien des moyens d'arriver au but.

中譯 條條大路通羅馬。

Pour aller plus loin

* 中文是說：條條大路通長安，只要目標明確，走哪一條路都可以到達目的地。

* 此處tous les chemins，"tous"是形容詞的用法。

* 故事常說：王子與公主過著幸福快樂的生活
Le prince et la princesse <u>mènent</u> une vie bien heureuse.
Le prince et la princesse <u>vivent heureusement</u>.（錯誤用法，正確應該用mener une vie。）

Tous les goûts sont dans la nature.

法解　Se dit à propos d'une personne qui a des goûts singuliers.

中譯　各有所好，再自然不過了。

Pour aller plus loin

* Des goûts et des couleurs, on ne discute pas.
口味、色彩，無需討論。

* Chacun son goût.
各有所好。

Toute peine mérite salaire.

法解 Chacun doit être récompensé de sa peine, quelque petite qu'elle ait été.

中譯 任何心血都應得到報償。

Pour aller plus loin

* Merci de toute la peine que vous vous êtes donnée.
滿心感謝您所付出的心力。
（donnée有e，因為peine才是真正的直接受詞）

* mériter：v. 值得、配得；mérite：n.m.
Puisque tu mérites.或puisque vous méritez.
你／您真的配得這樣的感激或讚美。

* Toucher le salaire 領薪水

T

◻ **Tout est bien qui finit bien.**

法解 Se dit d'une entreprise qui réussit après qu'on a craint le contraire.

中譯 結局好，一切都算作完美了。

Pour aller plus loin

★ finir通常沒有受詞。

finir par + v.

Ex. Il n'est peut-être pas très intelligent, mais il travaille beaucoup, et finalement il a fini par réussir.

★ 台灣曾經有齣連續劇，女主角已經病入膏肓，然而觀眾不願看到這樣悲慘的結局，紛紛寫信去電視公司，最後編劇安排了一位神醫出現，醫好了女主角的病，結局就是「tout est bien qui finit bien.」。

Toute verité n'est pas bonne à dire.

法解 Il n'est pas toujours bon de dire ce que l'on sait, même si cela est vrai.

中譯 真話不宜說出口。

即便是真話，往往也不好說出來。

Pour aller plus loin

* Il n'y a que la vérité qui blesse.（法諺）
  只有真話最傷人。

* 忠言逆耳
  Un avis sincère est pénible à entendre.

* À + v.：" à "指要去做的事。
  Ex. Je suis très occupée, et j'ai beaucoup de choses à faire.

T

Tout nouveau tout beau.

法解　La nouveauté a toujours un attrait particulier.

中譯　新的就是好的。

Pour aller plus loin

* 喜新厭舊
Aimer le nouveau et se laisser de l'ancien.

* Nouveau, nouvel, nouvelle ; neuf, neuve
都是指新的，前者較抽象，如新年，叫 Nouvel An。
Ex. 我換了一輛車
J'ai acheté une nouvelle voiture.這輛車可以是二手的。
J'ai acheté une voiture toute neuve.這車是全新的。

* 注意！toute是副詞，用來修飾陰性、子音開頭的形容詞。

T

Tout vient à point, à qui sait attendre.

法解 Avec du temps et de la patience, on réussit, on obtient ce que l'on désire.

中譯 誰懂得等候，一定會等到的。

Pour aller plus loin

* Avec du temps et de la patience, on arrive à tout.（法諺）
  有時間與耐心總會成功的。

* À point, à temps：及時

* Venir à quelqu'un或arriver à quelqu'un是說（某事）會臨到某人。

T

Trop de précaution nuit.

法解 L'excès de précaution tourne souvent à notre propre désavantage.

中譯 太多的顧慮也是一種傷害。

瞻前顧後會一事無成。

Pour aller plus loin

* Trop de 就像 peu de , beaucoup de 一樣，後面常接多數的名詞。

* " nuit "是由動詞" nuire "變化而來的。
它的用法是 nuire à quelqu'un,
而 blesser是 blesser quelqu'un.

Chapitre

U

Un clou chasse l'autre.

法解 Se dit en parlant de personnes ou de choses qui succèdent à d'autres et les font oublier.

中譯 一根釘子趕走另外一根。

後浪推前浪。

Pour aller plus loin

* 長江後浪推前浪，一代新人換舊人。
  Sur le Yang-zi-jiang les vagues se succèdent, en ce monde les jeunes générations remplacent les anciennes.

* 「推」此處是「接續」之意，故用" se succéder "。

* 揚子江，法國人也叫它 le fleuve bleu (藍河)。

U

Un de perdu, dix de retrouvés.

法解 La personne, la chose perdue est très facile à remplacer.

中譯 失去一個，得到十個。

失去的人或物，是很容易替代的。

Pour aller plus loin

* 丟了東西，動詞用perdre；找回來，用retrouver。
一個人常常迷路，我們說：
Il se perd facilement. (syn. s'égarer)

* Se perdre，也可指抽象的意思：
Cette histoire est trop compliquée, je m'y perds.

Une fois n'est pas coutume.

法解 Un acte isolé n'entraîne à rien; on peut fermer les yeux sur un acte isolé.

中譯 只此一回，下不為例。

Pour aller plus loin

* fois是一次、兩次的「次」。
  法文的乘法，比如二乘三，可以說：deux fois trois，當然「乘」這個動詞，標準的說法是：multiplier，名詞是multiplication。

U

Une hirondelle ne fait pas le printemps.

法解　　On ne peut rien conclure d'un seul cas, d'un seul fait.

中譯　　一隻燕子不代表春天。

不能以偏概全。

Pour aller plus loin

* " Faire "用途很廣，此處根據前後文譯成「代表」。
整句是指不能只看到事情的一小部份就妄下結論。

* 有關 faire 的用法：
Il fait chaud / froid .　　天氣很熱／天氣很冷
Il fait jour / nuit .　　天亮了／天黑了
Faire attention.　　留心
Faire un effort.　　盡力／竭力

Un homme averti en vaut deux.

法解 Quand on a été prévenu de ce que l'on doit craindre, on se tient doublement sur ses gardes.

中譯 有備無患。

Pour aller plus loin

* 居安思危，有備無患。
  En temps de paix pense au danger, pour qui est prêt point de malheur.

* Un homme prévenu en vaut deux. （法諺）

* Prudence est mère de sureté. （法諺）

U

■ **Un tient vaut mieux que deux tu l'auras.**

法解　Posséder peu, mais sûrement, vaut mieux qu'espérer beaucoup, sans certitude.

中譯　現在擁有一個勝過將來擁有兩個。

隔手的金不如到手的銅。

Pour aller plus loin

★ 十鳥在樹，不如一鳥在手。
Dix oiseaux sur l'arbre ne valent pas un oiseau en main.

★ Il vaut mieux有時在諺語中被寫成mieux vaut，
Ex. Mieux vaut tard que jamais.
遲到總比不到好

★ Il vaut mieux que 加子句，用subjonctif。

U

Chapitre

V

◻ **Ventre affamé n'a point d'oreille.**

法解 L'homme pressé par la faim est sourd à toute parole.

中譯 飢寒起盜心。

Pour aller plus loin

* 飽暖生閒事，飢寒起盜心。
Qui est bien nourri et bien au chaud est facilement brouillon; être affamé, transi, donne envie de voler.

Le vin est tiré, il faut le boire.

法解 L'affaire étant engagée, il faut en accepter les suites, même fâcheuses.

中譯 酒已打開，非喝不可。

Pour aller plus loin

* 箭在弦上，不得不發。
  Lorsque l'on bande la corde de l'arc, il faut bien décocher la flèche.

* Comme on fait son lit, on se couche.（法諺）
  喻「自作自受」。

* Tirer這個字基本意思是「拉」，因為法國酒封瓶是用軟木塞，開瓶時需把軟木塞拉開。

* 法國的門上常有兩個字：poussez（推）或tirez（拉）。去銀行提錢叫retirer de l'argent。

Vouloir, c'est pouvoir.

法解　　On réussit lorsqu'on a la ferme volonté de réussir.

中譯　　有志者，事竟成。

Pour aller plus loin

* Vouloir, c'est pouvoir.
  = Quand on veut, on peut.
  = Là où il y a une volonté, il y a aussi un chemin.

* Vouloir, pouvoir 本為動詞，此處當名詞使用。

* 另一個類似的例子可供參考：
  Gouverner, c'est prévoir. 所謂管理者，就是要有先見
  之明。

字母順序索引

A

B

* Bien faire, et laisser dire / braire.   /019
* Bien mal acquis ne profite jamais.   /020
* Bon chien chasse de race.   /021
* Bonne renommée vaut mieux que ceinture dorée.   /022
* Les bons comptes font les bons amis.   /023

* Ce que femme veut, Dieu le veut.   /027
* C'est en forgeant qu'on devient forgeron.   /028
* Chacun pour soi et Dieu pour tous.   /029
* Charbonnier est maître chez soi.   /030
* Charité bien ordonnée commence par soi-même.   /031
* Chat échaudé craint l'eau froide.   /032
* Le chat parti, les souris dansent.   /033
* Les chiens aboient, la caravane passe.   /034
* Chose promise, chose due.   /035
* Comme on connaît ses saints, on les honore.   /036
* Comme on fait son lit, on se couche.   /037
* Comparaison n'est pas raison.   /038
* Les conseilleurs ne sont pas les payeurs.   /039
* Les cordonniers sont les plus mal chaussés.   /040

* Dis-moi qui tu hantes, je te dirai qui tu es.   /043

* L'eau va à la rivière.   /047
* L'enfer est pavé de bonnes intentions.   /048
* Erreur n'est pas compte.   /049
* L'exception confirme la règle.   /050

* Fais ce que dois, advienne que pourra.   /053
* Faute de grives, on mange des merles.   /054
* La fin justifie les moyens.   /055
* La fortune vient en dormant.   /056

* Des goûts et des couleurs on ne discute pas.   /059

* L'habit ne fait pas le moine.   /063
* L'habitude est une seconde nature.   /064

* Il faut battre le fer pendant qu'il est chaud.   /067
* Il faut que jeunesse se passe.   /068
* Il faut qu'une porte soit ouverte ou fermée.   /069

* Il faut rendre à César ce qui appartient à César, et à Dieu ce qui est à Dieu.   /070
* Il faut tourner sa langue sept fois dans sa bouche avant de parler.   /071
* Il ne faut jurer de rien.   /072
* Il n'est pire aveugle que celui qui ne veut pas voir.   /073
* Il n'est pire eau que l'eau qui dort.   /074
* Il n'y a pas de fumée sans feu.   /075
* Il n'y a pas de sot métier.   /076
* Il n'y a que la vérité qui blesse.   /077
* Il n'y a que le premier pas qui coûte.   /078
* Il vaut mieux avoir affaire à Dieu qu'à ses saints.   /079
* Il y a loin de la coupe aux lèvres.   /080

* Le jeu ne (n'en) vaut pas la chandelle.   /083
* Loin des yeux, loin du coeur.   /084
* Le mieux est l'ennemi du bien.   /085

* Mieux vaut tard que jamais.   /089
* Les murs ont des oreilles.   /090

* N'éveillez pas le chat qui dort.   /093

* Qui donne aux pauvres prête à Dieu.   /119
* Qui dort dîne.   /120
* Qui ne dit mot consent.   /121
* Qui ne risque rien n'a rien.   /122
* Qui peut le plus peut le moins.   /123
* Qui se ressemble s'assemble.   /124
* Qui s'y frotte s'y pique.   /125
* Qui trop embrasse mal étreint.   /126
* Qui va à la chasse perd sa place.   /127
* Qui veut aller loin ménage sa monture.   /128
* Qui vole un oeuf vole un boeuf.   /129

S

* Si jeunesse savait, si vieillesse pouvait.   /133
* Le soleil luit (brille) pour tout le monde.   /134

T

* Tant va la cruche à l'eau qu'à la fin elle se casse.   /137
* Tel est pris qui croyait prendre.   /138
* Tel père, tel fils.   /139
* Le temps, c'est de l'argent.   /140
* Tous les chemins mènent à Rome.   /141
* Tous les goûts sont dans la nature.   /142
* Toute peine mérite salaire.   /143
* Tout est bien qui finit bien.   /144
* Toute verité n'est pas bonne à dire.   /145

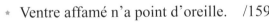

中譯筆畫索引

四　畫

六 畫

七 畫

八畫

九畫

 十畫

國家圖書館出版品預行編目資料

法諺120／雍宜欽著.--初版.--臺北市：
書泉,2013.09
面； 公分
ISBN 978-986-121-849-6（平裝附光碟
片）
1.法語 2.諺語
804.538 102014352

3AC5

法諺120

作 者— 雍宜欽

發 行 人— 楊榮川

總 編 輯— 王翠華

主 編— 溫小瑩 朱曉蘋

執 行 編 輯— 吳雨潔

封 面 設 計— 吳佳臻

出 版 者— 書泉出版社

地 址：106台北市大安區和平東路二段339號4樓

電 話：(02)2705-5066 傳 真：(02)2706-6100

網 址：http://www.wunan.com.tw

電子郵件：shuchuan@shuchuan.com.tw

劃撥帳號：01303853

戶 名：書泉出版社

總 經 銷：朝日文化

進退貨地址：新北市中和區橋安街15巷1號7樓

TEL：(02)2249-7714 FAX：(02)2249-8715

法律顧問 林勝安律師事務所 林勝安律師

出版日期 2013年9月初版一刷

定 價 新臺幣280元